JN319877

22歳の當百。撮影は大阪写真界の草分けと言われる田村景美。

自筆の短冊《人形へ物狂ほしくいふ娘》。

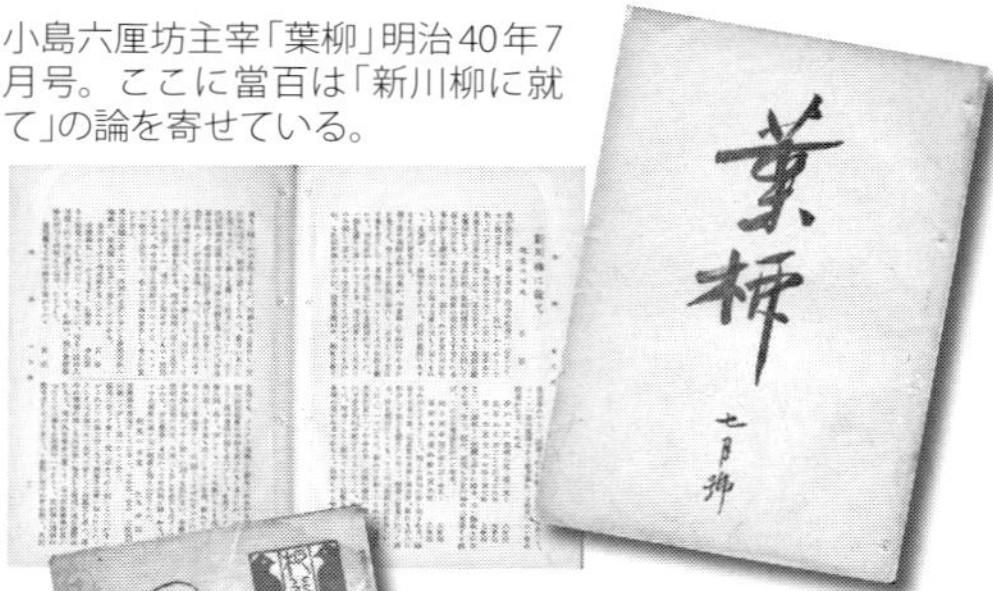

小島六厘坊主宰「葉柳」明治40年7月号。ここに當百は「新川柳に就て」の論を寄せている。

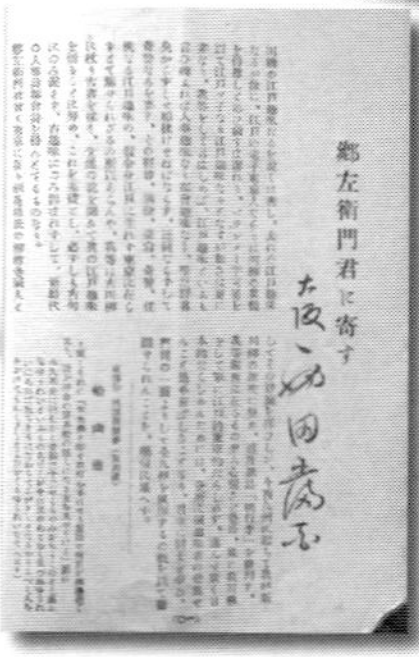
郷左衛門君に寄す

明治42年に発行された「柳行李」。新しい川柳を標榜する雑誌が九州にできたことを喜び、激励の言葉を寄せている。

明治

4年　2月21日、福井県小浜市の魚商・牧野作兵衛の三男として生まれる。本名嘉吉。

14年　一家で京都へ移住。小学校卒業後、木綿問屋の丁稚となる。

25年　一家で大阪へ移住。活版所で働く。

28年　大阪毎日新聞社入社。英語、簿記の夜間学校に通う。

29年　大阪毎日新聞社を退社。背負呉服商をはじめる。

30年　大阪・堺市で染物業を営む西田家の養子となる。

31年　長女・歌子誕生。

32年　大阪毎日新聞活版部に入社。

38年　4月、小島六厘坊が大阪で六厘社を興す。

39年　川柳をはじめる。六厘坊選の大阪新報柳壇へ投句。大阪・光禅寺で開かれた六厘坊主催の句会に参加。

六厘社が西柳樽寺に改名、「葉柳」発

左から當百、渡邊虹衣、方山瓢々子、花岡百樹、今井卯木、藤村青明、鹽谷花友、地神左竹（後）、安田武彌（前）、日野簸水、安田依々、小松春翠、岸本水府、加古聖梵子。赤浦柳句会観月句会にて。

行。同人は當百、川上日車、木村半文銭、佐藤松窓ら。

「電報新聞」へ投句。阪井久良伎閲、久良岐社同人が交替で選に当たっていた「電報新聞」で今井卯木と交流を深める。

42年

今井卯木が大阪へ移住。花岡百樹、渡邊虹衣も大阪に集い、親交を深める。

5月、小島六厘坊死去。享年21。「葉柳」廃刊。横浜川柳社「新川柳」に「俳句と川柳に就て」を寄稿。阪井久良伎主宰「川柳獅子頭」が東京で創刊、のちに関西川柳社の例会報が掲載され、當百も論文を寄せた。

9月、関西川柳社発足、當百宅に看板を掲げる。発起人は當百、今井卯木、花岡百樹、渡邊虹衣の4名。同12日、大阪・瓦町の浄雲寺で発会式を開く。田中蛙骨（岐阜県）がオーナーの「青柳」を大阪で編集、機関誌とする。

明治43年7月17日、関西川柳社箕面公園遠足会。當百は後列左から3番目。

関西川柳社の情報は、田中蛙骨（岐阜）がオーナーの柳誌「青柳」に掲載された。

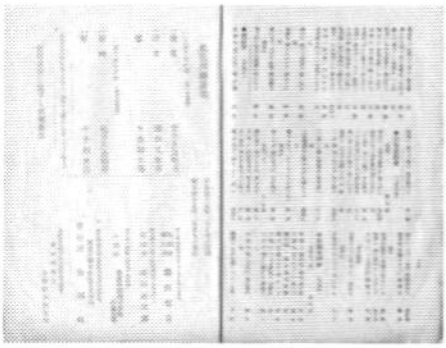

明治	
44年	7月、「青柳」休刊。 「川柳獅子頭」休刊。 11月、大阪毎日新聞兵庫県版で當百が選者を務める懸賞川柳を開始。
45年	今井卯木「川柳江戸砂子」刊行。編集・校訂は當百が行なう。

大正	
2年	1月15日、「番傘」創刊。同人は當百、岸本水府、浅井五葉、木村半文銭、杉村蚊象の5名。2号より麻生路郎が参加する。 「滑稽新聞」「不二」などで権力批判をし、たびたび罪に問われた宮武外骨の支援グループに参加。
3年	麻生路郎と葭乃の結婚式の媒酌人を務める。
4年	香川県の捕虜収容所を訪問。地元民を集め「捕虜」の題で句会を行なう。
5年	11月、娘の結婚を機に引退宣言。番傘の運営を水府に託す。のちに顧問として招かれる。

番傘創刊当時の関西川柳社同人たち。後列左から當百、杉村蚊象、麻生路郎、木村半文銭。前列左から浅井五葉、馬場緑天、岸本水府。

大正2年に創刊された「番傘」。同表紙裏の創刊の辞「こんなものを出すことにした　卜百」はあまりに有名。

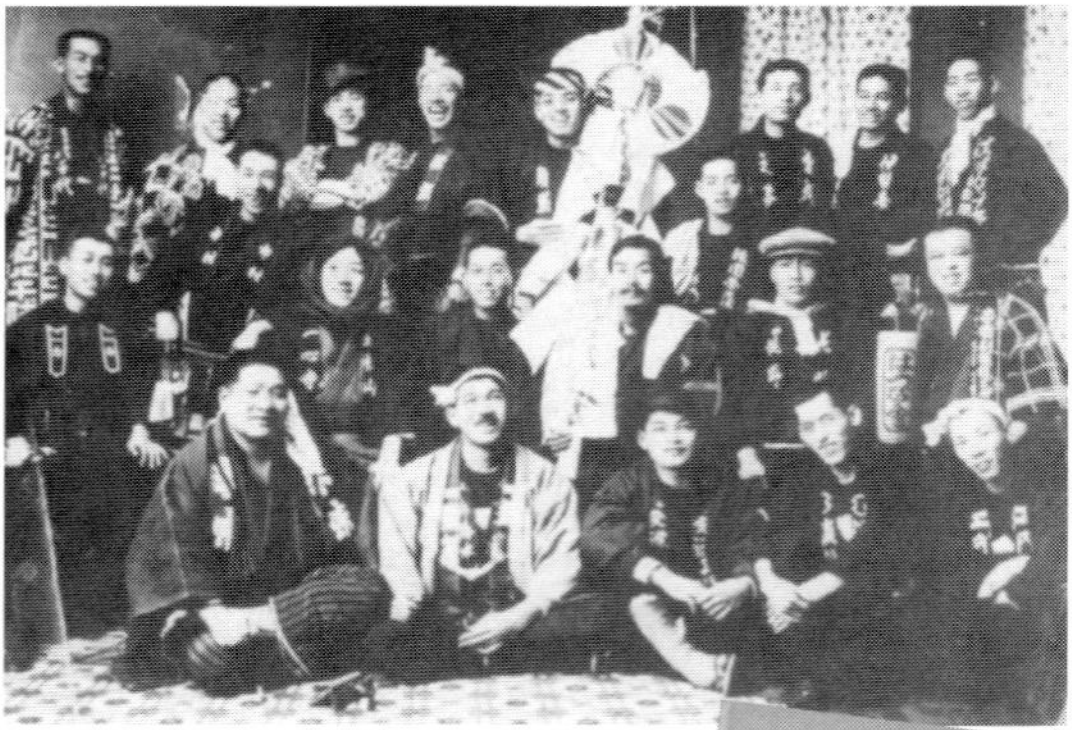

大正5年1月9日、宵戎の日に開かれた第一回番傘川柳法被会。各人が趣向のはっぴを着て句会を楽しんだ。後列右から二番目、堺乳守遊郭伊勢春のはっぴを着ているのが當百。

「大阪パック」に連載された時事絵川柳をまとめた岸本水府との共著「明治大正時事絵川柳」。

11年 12月8日、一人娘の歌子死去。

15年 輝文館より岸本水府との共著「明治大正時事絵川柳」刊行。

昭和

3年 岸本水府編、番傘川柳本社より「川柳當百集」刊行。

8年 2月、岸本水府の結婚式に参加。

9年 木村半文銭編、川柳叢書刊行會より「當百類題句集」刊行。

12年 番傘発行25周年大会で功労者として記念置時計を贈与される。

19年 6月30日、病没。享年73。

32年 岸本水府編、番傘川柳社より「川柳新書2　當百句集」刊行。

34年 1月15日、大阪・法善寺小路の料亭「正弁丹吾亭」前に句碑《上燗屋ヘイ〳〵とさからはず》建立。

55年 堀口塊人編、構造社より「川柳全集⑥　西田当百」刊行。

平成

20年 福井県小浜市に句碑《天下泰平晩酌の量が増し》建立。

昭和15年頃の當百。大阪・京町堀の自宅前にて。大正5年で當百が引退するまでここが関西川柳社の本拠地となり、多くの川柳人たちが集まった。番傘を託された水府は、折にふれ當百を訪ね教えを乞うていたという。

㊧昭和9年、木村半文銭編で刊行された「當百類題句集」。川柳叢書刊行會発行。
㊨昭和3年、岸本水府編で刊行された「川柳當百集」。當百は「実質以上に買被られた當百の句集である」との序文を寄せている。

大正11年に一人娘を失った當百は、残された3人の孫を育て上げた。當百の前に立っているのは左から信子、克己、恵美子。

當百の全刊行物。いずれも當百の引退後、水府や半文銭ら弟子たちの手により編集、出版された。

週末は孫3人を連れてよく出かけた。前列左から2人目は當百の妻・小梅。

はじめに

「川柳は須らく當百に還れ」と説いたのは、歌人の吉井勇である。

川柳六大家の一人・岸本水府は、當百の句風を「内容が小気味よく、調子がすっぱりとした川柳」と評した。

當百調の極意は、軽みにある。「日本で最も技量の優れた作家」と謳われたその作品は、軽業師の身のこなしが鍛錬による筋肉のなせる業であるがごとく、圧倒的な技量を持ちながらその下地を感じさせずに私たちを楽しませてくれる。そして、當百が好んで詠んだ家族や明治・大正の大阪風俗を題材にした作品からは、深い温情と粋を感じることが出来る。

水府ら六大家が活躍するずっと以前に近代川柳界の基盤を築いた當百の功績は、もっと高く評価されてもいいはずである。

平成二十年九月

編者

大阪・法善寺小路の料亭「正弁丹吾亭」前に昭和34年に建立された句碑《上燗屋ヘイヽヽとさからはず》。

西田當百の川柳と金言　目次

資料提供：川口恵美／藤井寛／朱雀洞文庫／小野小野三／松代天鬼／西村哲夫／
今川乱魚／青野平一郎／竹田光柳
参考資料：「番傘」／「川柳當百集」／「明治大正時事絵川柳」／「當百類題句集」
「川柳新書２　當百句集」／「川柳全集６　西田当百」／「新川柳」
「葉柳」／「柳行李」／「新川柳」／「青柳」／「川柳獅子頭」ほか

西田當百の川柳と金言

上燗屋へイ〳〵と逆らはず

無い筈はないひきだしを持つて来い

先斗町行き合う傘を上と下

訳を知る妹だけに置手紙

先生に叱られたのを座右の銘

川柳は、昔は江戸趣味であったが、今日は都会趣味である。

（大正5年）

女房は咲いた咲いたを聞きながら

清姫をどこでまこうか旅役者

旅役者誰の位牌か一つ持ち

上燗屋酌ぐのではなく盛るの也

笑って答えず旦那酌ぎましょう

逃げようとする盃へ酌ぎこぼし
時計など見るなと無理に猪口をさし
揚幕で捨てるに惜しい煙草なり
風上へクルリ廻つて灰をあけ
賞与金マア焼石に水なのさ

せがむ子へ渡す湯ののみののみかげん

何時の間に電話の紐の結ぼれて

飲みかけた散薬を手に笑はすな

床の銃そのままにして拭掃除

頬杖のさわる指輪に思い出し

川柳が田舎くさくては困る。垢抜けのしたところに川柳の生命はある。

（大正5年）

醤油入渡す途中で借りられる

袴まで着けて足袋屋へ走らせる

誰いうとなく出前持に前科

新家庭善意の邪魔の叔母が来る

初の子は二人で医者へ連れて行き

よそごとにして縁談を占わせ

日本は尊し御飯を頂きます

邪魔するな日本罷り通るんだ

梵鐘の下で人間罪を知り

黒枠で見て本名を初に知り

かくして我々は大阪において大に大阪を詠わんとするのである。

（大正２年）

咲いた咲いたを聞きながら――

関西川柳界の夜明け

●明治三十九年

大切に神馬虐待されて居り

又しても紋が合うとて借りられる

又しても種を見に来る指影絵

四辻に銭箱だけが捨ててあり

巻当ててパナマの値打叔母に見せ

役だけの説論身売が聞かされる

●明治四十年

拍子木で蔵の戸を押す火の廻り
越し祝引ツ散らかした中で弾き
お師匠の口三味線は押えつけ
大陽気手負の三味を借りられる
洒落ながら耳打ちをきくたいこもち
留守番で近所に馴染む里の母

真の滑稽や洒脱の句は、川柳にも熟し世故にも長けて出来るので、妄に模倣するばかりでは失敗を招くから、我々は此趣味について大に修養を積まねばならぬ。

（明治40年）

留帳を女の繰るも姿なり

再縁はもうよい頃とすすめられ

質受を母は内証で手をまわし

袴まで着けて足袋屋へ走らせる

ばくち場へ探しあぐんだ母が来る

一礼を述べて辻から傘を抜け

燈心を減して母親丸寝なり

御本家が近くで鯉は小さくし

初の子は二人で医者へ連れて行き

よそごとにして縁談を占わせ

振向いて裏を見上げる大鳥居

二階からここだここだと貸ゆかた

たとう紙惜しい江戸絵に筋がつき

掃きだめの鶴を女将の娘分

浅く広く今日の如き川柳より
も狭くとも根底の深からんこと
を望む。

(明治42年)

お内儀の蓋をして出る貰い風呂

御次男が本復家が二派となり

前帯の後ろに小さく綿帽子

初旅はうつらうつらと夜が明ける

一生をたつた一度で極めさせる

手拭で巻いて賭場から外科へ行き

懐ろは田樂もない花見なり

友達の声にはしかが起きたがり

上景気織子で桟敷埋められ

看病が手眞似で叱る寝入ばな

紡績が出来て子守を取り戻し

店藏の鍵結界に掛けておき

上げ汐に帆かけて通る大鳥居

二階のがくだらぬ事を子に教え

我らは古川柳に頼り古書を探り、先進の説を聞いて真の江戸趣味を悟ることに努め、これを基礎とし、必ずしも古句のみにこだわらず、古趣味にのみ囚われずして、新時代の人事詩都会詩を得んとするものなり。

（明治42年）

●明治四十一年

無心状返事は直かに会いましょう
城中へ矢文が着いて生き返り
櫛入れる手をよけながら乳を吸い
山門をほめると敷居にけつまづき
天守閣小手をかざせば旧山河
若旦那尻のそわつく文が来て

●明治四十二年

草分けの長者代々聟養子

証文に埃まぶれの硯箱

朱硯へ加減の甲斐もなく溢れ

白粉の香に目隠しの主を知り

看板の仲人笑つて頼まれる

代参は凶の神籤を振り直し

川柳をある狭苦しい型に嵌め込んで、窮屈な思いをするのは、進歩向上の路を塞ぐものとして誰もが嫌っているではないか、さすれば川柳の区域を広め、川柳の革新を希うものは、各方面に亘って縦横自在に詩想を延ばす事が肝要である。

（明治40年）

搖返し待ってましたの気味があり

暖簾を知らず一日裏のまま

遅参客又の使と入れちがい

せがむ子へ渡す湯のみののみかげん

迷い犬飼うとしもなく二三年

女房は咲いた咲いたを聞きながら

牡鶏のしんづしんづと裏へ出る

遅参客迎いを受けた詫もいい

鐘楼へ叱りに行けば影もなし

故郷に別れを告げる峠茶屋

石垣に潮ここまでの貝がつき

門前の馬車定紋を覗かれる

とりどりの噂残して引祝

夕鴉急ぐ文箱の紐が解け

我川柳をして単に江戸的東京的たらしめず、進んで広く日本的たらしめんためには、各所に同趣味者の勃興することを最も喜ばしきこととする。

（明治42年）

尺取った扇子で鐘を丁と打ち
姉娘芹生の里に綿を摘み
里扶持が絶えて行き方知れずなり
からめ手の暗を落ち行く蓑二つ
花戻り若武者ばかり落ちて行き
姉娘今の母へは無口なり
初対面先ンを越されて辞儀ばかり

●明治四十三年

左馬誰かと問えば鼠鳴

酔いどれに引きさかれたる立話

小楊枝を口に一と足先に出る

唇をふくらして来る鉄漿(かね)の礼

逆夢と消しては居れど気にかかり

置物の時計途方もない時間

今日の新川柳家が、川柳の真面目なるものたるを示さんがため、将たるの領域を広めんとの意よりして、無季俳句を詠じて得たりとなすは謬れり、和歌の優婉、俳句の閑寂に対立して、軽妙洒脱の特長を有する我が川柳が、何を苦しんで俳家の糟粕を嘗むるの要あらんや。

関西川柳社十月例会講演「冬季俳句と川柳」
(明治42年)

慰みに撮った写眞がかたみにて

客同士互い違いに庭をほめ

のろけ箱覚悟の上の金を出し

学問を国で危ぶむ男振り

木屋町へ通りぬけとは見えぬ客

菖蒲葺く梯子の下で恐がらせ

苦を知らぬ妹へいつそ打明けて

学校へ皆出たあとを母の留守

宿直のいびき鼠の音もせず

まだ見えた頃の話で肩を揉み

仙人のささやいているひきがえる

丸髷で又一しきり迷わせる

我恥をいつそさらけて強異見

夜る夜中なんだと仲人明けに出る

関東の川柳界に離合常なき有様の多いのも、趣味意見の上からと言えば名目は誠に立派だが、多くは感情の衝突に外ならぬ。

（明治42年）

笑って答えず旦那酌ぎましょう
花嫁の辞儀する度に帯が鳴り
地謡は目配せをして座に坐り
もう出入やんだ髪結皆話し
我が痩せをうつすともなく硝子拭
通夜の鉦猫は隣へ預けられ
銃音に皆振り向いた渡舟

妹へ譲った恋のもつれ出し
解毒剤覚悟の首は振りながら
停車場で出した葉書の判じかね
何時の間に電話の紐の結ばれて
迷い犬隣りの乳母にめぐり逢い
施餓鬼船に素人ばなれのした娘
恥かしさ見に来たのだと後で聞き

師弟朋友間の情誼にからまれて、別るることの出来ない温みを僕は喜ぶ。
（明治42年）

包丁の礼に一皿持って来る
婚礼の留守に昔の恋語
床の銃そのままにして拭掃除
流行柄母は昔を思い出し
兵戻り挙手注目で礼に来る
抜け駈けの後を慕うて蜆橋
俄か旅土地の土産で申し訳

引越して隣とこれはこれはなり

御先祖は畸人伝にも載つた人

薬代に兄へ内証の貰いだめ

毒ほどに利かばと思う薬瓶

無心状洗いざらしの浴衣がけ

聞いて見りや里の兄まで同じ連

賃搗屋噂の娘見て帰り

趣味の相違は、互いに他山の石として切磋の功もあろう。
（明治42年）

●明治四十四年

年賀状今は互に親となり

ぽつぺんを吹き吹き戻る軒行燈

定宿で問えば明日来る便あり

磨る墨の小砂にきしる店硯

別れ路を橋に浴衣のしめるまで

訳を知る妹だけへ置手紙

搗きは搗くが餅に望のない男
耳貸して羽織の紐を結び替え
貯金帳うつかり母は口走り
見たような筈朝風呂で知つた顔
もう風呂は落したと聞く半はたご
お手料理書生羽織に飛ぶ鱗
温泉の宿の川を隔てて三味の音

川柳の主眼は穿ち軽味滑稽ばかりと固定せず、多方面に亘って十七字詩として穿ちぬきのものを拵えると無季の俳句様なものができる。まして叙景に指を染め文語を多く用いるといよいよ俳句と川柳との区別は紛らわしいものができる。

（明治42年）

●大正元年

賀状の端に兵隊らしくなり候
釘抜でサア舌を出せ舌を出せ
スリツパで承知の釘に引ツかかり
心中のその親々は敵同士
げんげ摘み行くともなしに水源池
死んだとてからすの知つた事でなし

扇風機ヨチヨチ行くを抱きとめる

晩酌の背中へ不意に扇風機

跨線橋校門はすぐ眼にはいり

飼犬の何処をどう来て停車場

御寮人中庭までの肩を脱ぎ

縁日の辻を曲ると掛行燈

踏切のおつさん遅刻するまいぞ

今日柳句中に往々文語式に渉り俳句の叙法とまったく同一なる作句あるをみるも、これは川柳として断じて許すべきものではないと信ずる。

（明治42年）

大部屋へ意見廓の妹から
宝船皆霜やけにかかる耳
白粉も用意してある宝船
門標に隣寸は消えて元の闇
向うから使う硯の手暗がり
焼け止り成程丁度蔵があり
祝ぜん母に恵方を教えられ

誘われた誓文風邪の気味ながら
一六の度に目につく姉妹
又かねとみるまでもない脈をとり

議論の分かれる所は、穿ち軽味滑稽に重きを置くか置かぬかにある。今日では何にもそれだけでは満足できぬためいろいろの方面に手を伸ばすの結果は、多大の努力で得たつもりの作品が、俳句を知らぬ悲しさ、俳人の糟粕を嘗めて彼らに嗤われるようなものが出来る。

（明治42年）

無い筈はない

番傘創刊

●大正二年

上燗屋へイ〱〱と逆らはず

国で気を散々揉むにまだ一人

宿直を引受けている独り者

逃げようとする盃へ酌ぎこぼし

髪を洗つて東京を思い出し

枕蚊帳を不振で踊る裏梯子

こんなものを出すことにした

（番傘創刊の言葉・大正２年）

向いぜん母も子供も皆んな留守

肩入の浮名をせめて心遣り

清姫を何処でまこうか旅役者

糠袋入れながらすぐ帰ります

売られるが辛さを橋で助けられ

煙草盆出して無言の坐をすべり

無い筈はないひきだしを持つて来い

割箸の余分給仕のひきだしに
素人角力負けて逆立してはいり
葉桜へ又来る折のないお客
片恋の手代が死んだ衣裳蔵
頬杖のさわる指輪に思い出し
煙草屋に後姿の洗い髪
風呂敷包み手に病室を読んで行き

鉢巻を取って大家の後につき

ほつれ毛へ鉢巻をする女馬士

鉢巻をわざとすべらすたいこもち

落さない頼母子丁稚代理にて

桟敷へ一人おいてけぼりの仲居

炭俵さげて焚火へソラのいた

出る旦那店のいさかい知らぬ振

今日の東京の川柳が、かく江戸趣味であると言えないことは勿論、川柳が東京の占有物でないことも解りきった話である。

（大正5年）

落第を母は病気のせいにする
文名噴々落第の歴史あり
ばくちだと隣の子供口走り
午祭皆この辺の子供かい
誰がやったのか仲居礼をいい
早仕舞前借はもう昼にした
早仕舞近所は朝からの休み

踊り場の三味線箱を見て上り

ひきだしを半分あけて女房留守

手さぐりでひきだしのまま抜いて来る

ひきだしをもつとあけるに椅子を立ち

箪笥屋は一つ一つを抜いて見せ

余興係おつと樂屋は覗くまい

宿替の後の濁さぬ一掃除

東京人は東京趣味、大阪人は大阪趣味を発揮すると同時に、他の地方の人も各その地方々々の特色を謳歌するのも一方法であると思う。

（大正5年）

細君が見に来て借りる本極り

逆撫でをされて何やらいう寝言

非常口隣裏では箱を積み

丸髷を校長どなたかと尋ね

丸髷になつて憂いの見える眉

介錯は辞世の意味がわかりかね

差押え今日は奉公人ばかり

郵便受丁度丁稚の枕許

三太夫此頃耳が遠くなり

控え目の舅も同じ養子なり

是非書いておいて貰えと妾の母

恩は恩養子はいやでござります

中学を涙でやめた新給仕

立番の巡査ポストを向い合い

俗語を詩化するに独特の技能を持って居る川柳に地方の特色を現そうとすると、勢い方言などはニョキニョキと首を上げて来る。

（大正５年）

雛祭奥様にまだお子がなし
植木屋は見えず鋏の音ばかり
時計など見るなと無理に猪口をさし
ホテル裏に花火の筒を据えた跡
敷きかえて箪笥のあとが床の前
幕引のしまいは鐘を撞くように
引越の留守居近所の知らぬ人

妹へ寝顔をいえば知りません

立話女房湯ざめをして帰り

路次口で一声高くごもく取

眠い子に仕掛花火は見ずに去に

自用車夫空ラで戻つて口ごもり

泣黒子見合の連が見付け出し

子を抱いて切髪目立つ除幕式

方言もただ一言で能くその社会の情勢を活躍せしめ、その地方の特色を会得させる一種の魔力を持っている。

（大正5年）

手前でも昨夜漏つたと傘を乾し

半鐘も鳴らずに消えた宵の口

綱渡りお客の顔が馬鹿に見え

交際費ただ締め高が書いてあり

総揚げというを弁慶押し止め

劇評の切抜きを持つ旅役者

悪口をいうとパッチリ目をさまし

定九郎島原へいて乾すつもり

語りまする太夫童顔三十九

立話宅では無駄な火が起り

たまさかのお客に髪を洗うた日

封印は身代金で解かれたり

近道を戻り迎いと行違い

前垂を借りて勝手へ女客

私は玆に地方の趣味を詠ずる方法の一つとしてこの方言を応用することの可なるを断言する。

（大正5年）

朝風呂をぬツと戻ると里の母
落第をなんにもいわず父の胸
新開地畦道ぬけて風呂へ行き
飲みに行く発頭但し持って居ず
晩酌に女房の風呂の長い事
悪口は聞き馴れている上かん屋
春日野をただ一つ行く蛇の目傘

御返盃おっと姐さんこっちだよ

間違って売って屑屋はそれっきり

幹事役芸者に苗字覚えられ

貸間札家守じろりと見てはいり

長生きをすりゃ凡才になるところ

持って来たように花嫁肺を病み

天才の徴兵忌避となりにけり

大阪の句は恒心のある執着心の強い句で、決して他の誘惑にも迷わぬ、軽々しくは動揺もしない地味な態度が淋しく見えようとも、進歩の度がヨシ遅たるものであろうとも、一歩々々基礎を固めて進みつつある今日の遣り方は、我大阪の気風に合致した最良の方法である。

（大正２年）

繃帯を来る客毎に尋ねられ
閉めてともしていつづけ夜の気分
連れがある今夜は馴染よしにしよう
国許の新聞朱点打つて来る
貰い風呂しよぼしよぼ雨を向いまで
玉乗りの犬はよんどころない顔付き
交際費意気な女が取りに来る

旅役者汽船に酔わぬようになり

●大正三年

煙草盆へ手をめつきりと寒ござる

昇給洩れその上妻に疑われ

旅役者誰の位牌か一つ持ち

覗きの打出しイルミネーションがともり

死出の道連れに吉公人がよし

（俳句と川柳が）互いに独立すべくまたその区別を認めるべき標準は、すなわち句の軽味であると信じる。

（明治42年）

書置はなし深間でもない二人
乳貰い半分程は唄を知り
醤油入渡す途中で借りられる
懐ろに添書会社を二度訪ね
百円札残念ながら拝まされ
まだしやべるのを代筆は聞き流し
講義録解つたとこは解るなり

踏切を越して幼い迷い犬

針差の上へ焼芋預けられ

お父さん芋を半分だけ貰い

葬列に産をこわがる女連れ

たまさかの宵寝へ口の悪い客

ぜんざいへ少うし取って小豆飯

銀行はなかなか建たず砂利置場

総花的選者の外、ある者は古習いに泥み、あるものは新奇に馳す。修養せず研究せず句作を怠るもの多し。

（明治42年）

だいぶお前遣こて来たなと口入屋

口入屋預けて出たは古い足袋

口入屋喧嘩をさせて捨てておき

又貸しの行方知れず梅暦

伯父さんは紅葉露伴以後読まず

廃兵の顔を子供の不思議そう

では其処へ仮受取と筆を貸し

藪入に一日休む賃仕事

忘れ物届けに行けば二日酔

のうれんと同じ模様の夏ぶとん

優待券貰っておくが通るかね

大花火練兵場も広くなし

摑み合いもう女教師の手に余り

頼母子の掛金簞笥開ける音

真摯を欠く矯正策又自ら此処に存する柳界に無学者多きは皆歎ずるところ、学者及び世事の長者の現われんことを望む。（明治42年）

賞与金マア焼石に水なのさ
例年の通り叔母さん下駄をくれ
燗ざでもよいと幹事の飲み直し
裏通り尋ねようにも皆閉り
声変りむらさきなどと丁稚いい
委細はお手紙年甲斐もない使
代筆の傍で泣く子に乳をのまし

聞く父も問う兄もなし講義録

西鶴のその○○へ書き入れて

腐れ縁友達にさえ見限られ

浴衣がかなわぬと転寝起される

転任の度に行李の数が殖え

一滴も飲まぬ酒屋の兄息子

若死の家に祖母さまただ一人

近来新聞雑誌に大分川柳の時事吟を見るが、何分際物のことだから一笑に付されている様子である。併し所謂寸鉄殺人的に嘲罵諷刺の利いた行き方は、他のものでは難しく、矢張り川柳の縄張り内にあって、ヨシ一時的のものにしても、胸のすく痛快、骨を刺す申告に思わず案を拍って快哉を叫ぶ処に一種の味わいがある。

（明治42年）

晩酌の量が増し——

番傘川柳の隆盛

●大正四年

叔母さんの年玉すぐに貯金箱
我が息を考えている盗み酒
差押え二階の悪い知恵を貸し
心中は主従葬は別に出て
天才へよせばよいのに養子口
魂の抜けた顔して爪を取り

手の相を見られる閑な長火鉢

徴兵が戻り父親酒が減り

陳列のように振袖手を引かれ

腹掛に勝つたバラ銭音がする

手拭を借る昼風呂は通りがけ

水の都眠られぬ夜は橋に更け

電話帳親戚らしく名が並び

寸鉄釘を刺す底の痛烈な時代諷刺は、短詩形の川柳が最も勝っている。

（大正15年）

欒長は右へ左へすくい上げ

死ぬ覚悟一日延びに安く産み

揚幕で捨てるに惜しい煙草なり

花電車待ち草臥れて寝てしまい

黒枠で見て本名を初に知り

長尻を内で女房にも言われ

縮緬へ充分さわる満員車

晴れて父に逢いたい望み流行妓

晩酌へ催促状を女房読み

冷汗の裁ち違いではなかりけり

大小の袋を二つたからぶね

番台は傘ともいわず降つている

丸髷に叱られているたいこもち

乳を吞ましながらお芥子を梳いてやり

諷刺は川柳の一領域とも言い得られる。

（大正15年）

本山へばかり名所は振り向かず
先斗町行き合う傘を上と下
屑選りの顔をそむける粉ナ煙草
誰いうとなく出前持に前科
大阪を転任蠣を食いはぐり
質屋から出て合傘の言い募り
音だけでわれずに済んだ勝手元

手内職イヤイヤ昔思うまい

見ぬ顔をされたのだとはひがみなり

苦学生母もろともに引き取られ

出戻りへ極内々の手紙が来

郵便に番台後へ手を伸し

増焼の方のを記者は貰い受け

旅行案内土産の荷から投り出され

時事吟には一種の才が必要である。作例と首ッ引きの、彼方の五字と此方の七字を継ぎ合わす連中には難しかろう。尚ほ柳界の私事を素破抜いたり陰口を叩いて喜んでいるなどは、愚にもつかぬ楽屋落ちで、時事吟と称すべきものではない。

（明治42年）

領収書増焼の値も聞いておき
粉ナで結構煙管はござります
狐つきその上にまだ食うという
赤帽の後を小走り子を連れて
ハンカチを返した後でまだ匂い
花電車運転手ちと飲みたかろ
グッタリとまくら外した鼻の穴

●大正五年

カフエーへ来ると番頭僕といい

お茶屋のへ番頭さんが逢いましよう

口眞似で催促される悉皆屋

そう聞けばそうとも見える血天井

台所へ来て番頭の声を眞似

新家庭善意の邪魔の叔母が来る

川柳もと開き直るまでもなく、趣味なるもの必らずしも富のいかんを以て律せられるものではない。

（大正5年）

何日からの覚悟書置角が磨れ

子は泣いたままに踏切旗を振り

広告で見ると薬をだくれる

女房への約束素面で取消され

酔ざめに起きて旦那の台所

女形休みの間髭を置き

絵はがきに茶店の切手足らぬなり

国許の人と暖簾の外で会い
国許の噂ほどには儲けてず
お師匠はん手軽う質を頼まれる
工場から悪魔の息のように吐き
晩酌の切りあげややこしい電話
行水でほろ酔子供ほどの機嫌
緋しごきで一つ廻した貸浴衣

川柳家に、位地、資産、学識、名望のある人が少ないのは、決して名誉ではない。今後かかる人の川柳家中に現われんことは、誠に望ましいことではあるが、しかし今日これが多いからとて、何もさよう恥ぢ入るにも当るまい。

（大正5年）

聞き合せだいぶ霞がかかつて居
蒸しタオル皆縁側へ陣をとり
肩越しに番附貸してにじられず
石持で戻りは軽い差し荷い
店番は巡査の背へ話して居
或る時は隣のも売る勧商場
落したは死ぬ程でない金の高

樂長はなん時でもと幹事まで
風上へクルリ廻つて灰をあけ
お客をだしに朝ツから赤い顔
蚊帳越しに途切れ途切れの返事なり
世話好きの時に或は腹を立て
いさかいは蚊帳を出て来て冴え返り
今日の休み宙ぶらりんに昼の風呂

我々はかくして、我々相当の趣味を以て、我々らしい虚欺ならぬ真の川柳を得ることに努めよう。

（大正5年）

話のあるに晩酌臥てしまい
聞き合せオヤオヤ縁が続いて居
時節柄とは船場から言い始め
附文の恥も思わず隣に居
寝返りをさすのに除ける薬瓶
火元の煙突素知らぬ顔で立ち
思い出して晩酌一算おいてみる

彌次馬に揉まれて居たを捕えられ
店番の眠気さましに席が果て
弁天の袖釣針に引ツかかり
太神樂正々堂々として這入り
学問をしたさの家出無一物
天下泰平晩酌の量が増し
文才のある番頭の尻が浮き

古句研究は実は大阪の柄にないから、それに手を出さなかったのは賢い様なズルイ様なものだったが、専ら創作に努力して意気を示したものだ。

（昭和2年）

お土産の番附お茶のしがみあり
逼塞の船場の家は明いた儘
堂々として山伏は門に立ち
風呂敷にたすきを足して宿下り
山門でお寺の荒れたさまが見え
花道で追手は一度つき当り
点燈夫踊姿とすれ違い

●大正六年

飛石へ片足おるし耳を貸し

除隊兵子を抱いたのに迎えられ

痩せている芸者に女將羨まれ

勘当へいまだうれしい手紙が来

勘当へ暫くみつぐ乳兄弟

関取のおふくろただの女なり

通じて此の頃までの大阪の川柳界が、よく統一されては来たが、他党異派の攻撃論難等の刺激が少なく、余りに平穏すぎたのは果して幸であったか、不幸であったか。

（昭和2年）

大正十一年十二月八日、一人娘歌子を喪う、年二十五、三人の幼児を遺す。當百生れて五十三年初めて泣く。心身に打撃を受くるも痛烈、又昔日の當百たる能はじ。

お雑煮に顔は揃えず新仏

あてつけたように喪中へ来る賀状

いうて欲しいそして聞きともない悔

そむければ孫に涙を見つけられ

今日限りの涙にしたい五七日

●昭和二年

場内はドッと子供の当り籤

抱き上げて叔父重たいぞ重たいぞ

紺絣連れ立つ母に見上げられ

先生へ泣き寄って同じ友に逢い

うんそうだそうだを孫になじられる

極道め寄せつけるなとはなをかみ

めつそうもないと正座を逃げて来る
会葬で奇遇互に白くなり
そう事がわかつたらよい出しましよう
記念写眞傘のならぬに濡れそぼれ
堅造というが芸者の名を覚え
別館というに女傘男傘
亭主には奇蹟のような貯金帳

少し手前味噌の、自惚れた言分かも知れぬが「番傘」の句風態度は関西否全国を風靡した形になった。

（昭和2年）

昭和十九年、病床においても大毎社員手帖を手離さなかった當百。「死は尊し、生に還元するなり。生が目出度尊ければ、死も亦目出尊かるべし」との言葉とともに、最後の句を綴った。

こううまく喰つては急に死ねないぞ

病床に讀む岩波の手に輕し

夜はあけたおやまだ今日も生きている

痛み苦しんで死ね罪や亡びん

ニツコリと紫雲たなびくように死なん

あとがき

西田當百が川柳をはじめたのは明治三十九年、惜しまれながらも第一線から引退する大正五年までの約十年間は、川柳史上稀にみる濃密な時間である。

川柳を人事詩・都会詩と定めて江戸趣味からの脱却を表明、文語を廃し俳句との差異を明確にしようとした彼の論は、川柳界に大きな影響を与えた。一方で、笑顔を絶やさぬ穏やかな人柄は多くの人を魅了した。関西川柳社においては最年長であったが、二十の歳の差がある相手にさえ先生と呼ばれることを好まなかったという。

岸本水府をして「われらの川柳の父」と言わしめ、若き川柳人たちをまとめ上げた。頂戴選で行なわれた関西川柳社句会では、當百が句に対し評を加えることはなく、若き参加者たちは「當百、頂戴」の声によって、その川柳観を学んだ。同社に集う若者たちの中で番傘批判を伴う革新的な動きが起こった時も、冷静に見守る姿勢を崩さなかった當百。その寛容で慈愛に満ちた視線があったればこそ、若者たちは自由に自分の道を模索することが出来たのではなかろうか。

大正五年、當百は娘が婿養子を迎えるにあたり引退を表明。その後、「六厘坊の後を享け、水府君に後を渡すべく、恰も中継という形であった」(大正十一年・番傘)と述べているが、やはり水府にとって「川柳の父」は當百であり、その基盤には當百から受け継いだ川柳があった。引退後も水府は折にふれ當百宅や職場を訪れ、教えを乞うていたという。

その後の當百は大阪毎日新聞社での仕事を全うし、大正十一年に一人娘の歌子を亡くしてからは、三人の孫を育てあげた。

二人して弟をふせぐ雛まつり

親の無い孫を育てゝ若返り

多くの句材になった孫の川口恵美氏は「祖父は本当に優しかった。『日曜日はお出かけやで』と言われ、毎週土曜の晩に孫三人で靴を磨いたものです。祖父母に育てられていることを負い目に感じたことはありません」と述懐する。丁稚から身を立てた苦労人だけに情けも深かったのだろう、親戚の子どもの学費を援助したこともあった。慈愛に満ちた人柄は、没後六十年以上が経った今も、川柳界に留まらず多くの人の記憶に残っている。

「西田當百の功績を再評価したい」と構想を練りはじめたのは一年前。さる川柳家の監修で話を進めていたところ、周囲に配慮して突然辞退されてしまったが、多くの方の協力により出版できる運びとなった。

ご協力頂いた皆様に心より感謝するとともに、本編をもって西田當百の川柳と功績が改めて認識され、今後の川柳界の発展に寄与することを願う。

平成二十年九月

川柳マガジン編集部
大野　瑞子

西田當百の川柳と金言

新葉館ブックス

○

平成20年 9月23日初版

編　者

大　野　　瑞　子

発行人

松　岡　　恭　子

発行所

新　葉　館　出　版

大阪市東成区玉津1丁目9-16 4F 〒537-0023
TEL06-4259-3777 FAX06-4259-3888
http://shinyokan.ne.jp

印刷所

FREE PLAN

○

定価はカバーに表示してあります。

©Shinyokan-syuppan Printed in Japan 2008
乱丁・落丁は発行所にてお取替えいたします。無断転載・複製を禁じます。

ISBN978-4-86044-355-9